Straeon Sali Mali

Traed Budr

Straeon Sali Mali

Traed Budr

Stori Siân Lewis
yn seiliedig ar sgript wreiddiol Meinir Lynch

Lluniau Cynyrchiadau Siriol

CYMDEITHAS LYFRAU CEREDIGION Gyf

Roedd Sali Mali'n brysur iawn yn glanhau'r gegin. Roedd hi'n golchi'r llawr, y waliau a'r cwpwrdd.

'Dwi'n hoffi cael cegin lân,' meddai Sali Mali.

Pan oedd y gegin yn hollol lân, aeth Sali Mali i chwilio am Jac Do.

'Jac Do!' galwodd. 'Wyt ti'n dod i siopa?'

'Crawc!' meddai Jac Do. Roedd o'n neidio ac yn sboncio ar ben y lein ddillad. Doedd o ddim eisiau mynd i siopa gyda Sali Mali.

'Popeth yn iawn, Jac Do bach,' meddai Sali Mali. 'Wela i di cyn bo hir.'

Ond wrth godi ei basged, sylwodd Sali Mali fod baw ar ei sgidiau. Fedrai hi ddim mynd i siopa mewn sgidiau budr, felly brysiodd yn ôl i'r tŷ ar unwaith.

Aeth Sali Mali i nôl brws i lanhau ei sgidiau.

Brwsiodd a brwsiodd nes ei bod hi'n medru gweld ei llun ym mhob esgid.

Roedd llun rhywun arall yno hefyd – llun rhywun bach busneslyd. Roedd Jac Do wedi dilyn Sali Mali i mewn i'r tŷ.

'Hwyl fawr, Jac Do!' meddai Sali Mali wrth ei ffrind bach. 'Dwi'n mynd i siopa rŵan. Bydd yn aderyn da nes dof i'n ôl.'

'Crawc,' meddai Jac Do'n dawel.

Roedd Jac Do'n llygadu'r brws sgidiau ar y cwpwrdd. Roedd o eisiau glanhau ei sgidiau!

Ar ôl i Sali Mali adael y tŷ, neidiodd Jac Do ar y brws a rhwbio'i draed yn ôl ac ymlaen. Rhwbiodd a rhwbiodd nes bod ei draed yn hollol ddu.

Ond er i Jac Do rwbio a rhwbio, doedd ei draed ddim mor sgleiniog â sgidiau Sali Mali.

'Crawc!' meddai Jac Do.

Neidiodd oddi ar y brws, mynd am dro ar hyd y gegin ac yna hedfan allan o'r tŷ.

Pan ddaeth Sali Mali'n ôl o'r siop, roedd rhywbeth rhyfedd wedi digwydd i'r gegin. Roedd marciau duon dros y llawr, y waliau a'r cwpwrdd.

'Beth ydy'r baw 'ma?' llefodd Sali Mali.

Tynnodd Sali Mali ei llaw dros y marciau duon. Olion traed oedden nhw. Olion traed aderyn!

'Jac Do!' galwodd Sali Mali.

'Crawc?' meddai Jac Do gan hedfan i mewn i'r tŷ yn llon.

‘Pwy sy wedi baeddu ’nghegin lân i?’ gofynnodd Sali Mali.

Edrychodd Jac Do’n syn a’i ben ar dro. Doedd o ddim yn gwybod pwy oedd wedi baeddu cegin lân Sali Mali.

‘Ti sy wedi baeddu’r gegin, Jac Do,’ meddai Sali Mali. ‘Edrych! Mae dy draed di’n ddu. Wyt ti wedi bod yn rhwbio dy draed ar y brws?’

‘Crawc,’ meddai Jac Do’n drist.

‘O, Jac Do bach,’ meddai Sali Mali gan wenu. ‘Brws sgidiau ydy hwnna. A does dim sgidiau gan aderyn bach fel ti.’

Aeth Sali Mali i nôl ei mop a’i bwced. Golchodd y llawr, y waliau a’r cwpwrdd, nes bod y gegin yn lân unwaith eto.

Yna dododd Sali Mali fowlen o ddŵr a sebon ar y llawr. Hedfanodd Jac Do i'r fowlen a chicio'i draed yn y dŵr.

'Crawc crawc!' meddai'n syn.

Roedd ei draed yn sgleinio. Roedden nhw'n disgleirio fel yr haul. Dangosodd ei draed melyn, hardd i Sali Mali.

'Wel, dyna draed del!' meddai Sali Mali.

Cododd hi'r aderyn bach a'i sychu â'r tywel.

Roedd y gegin yn disgleirio. Roedd sgidiau Sali Mali'n disgleirio, ac yn awr roedd traed Jac Do'n disgleirio hefyd.

Am ddiwrnod prysur!

O'r diwedd roedd hi'n amser gwely.

'Nos da, Jac Do,' meddai Sali Mali'n gysglyd.

'Crawc,' meddai Jac Do.

Cyhoeddwyd gan Gymdeithas Lyfrau Ceredigion Gyf.,
Ystafell B5,Y Coleg Diwinyddol Unedig, Stryd y Brenin,
Aberystwyth, Ceredigion SY23 2LT.
Argraffiad cyntaf: Rhagfyr 2000
Ail argraffiad: Mehefin 2001

Stori gan Siân Lewis
yn seiliedig ar sgript wreiddiol Meinir Lynch
a ysgrifennwyd ar gyfer Cynyrchiadau Siriol ac S4C.
Cymeriad a grewyd gan
Mary Vaughan Jones yw Sali Mali.

ISBN 1-902416-44-9

Diolch i adrannau Cyngor Llyfrau Cymru am bob cymorth.
Dyluniad mewnol gan 29-19.
Dyluniad y cloriau gan Adran Ddylunio Cyngor Llyfrau Cymru.
Cysodwyd ac argraffwyd gan
Wasg Gomer, Llandysul SA44 4QL.